미움의

질량

미움의 질량

혜담·문영

한그루

목
차

혜담

문영

미움의

질량

시인의

말 ——————————— 혜담

망각 곡선을 타고 비가 내린다.

막을 수 없는 현실 앞에서

모래성을 쌓는 나의 모습이

아스라이 보인다.

천국에 갈 수 있을까

오른손으로 나무를 밀던 할아버지는 천국에 갔을
까?
향나무 향 은은한 제사상 위로
평생 버리지 못한 꿈이 가지런히 놓여 있고
한 해에 한 번 만나는 얼굴마다 웃음소리만 가득
하다.

왼손으로 나무를 밀던 할머니는 천국에 갔을까?
향나무 곱게 깎아 둥근 염주알을 셀 때마다
매운 향이 은은하게 내려앉는다.
할머니는 어머니에게 허리춤보다 긴 염주를 물려주
고 떠났다.

두 손으로 나무를 떠미는 나는 천국에 갈 수 있을
까?

바늘잎 향내가 몸에 내려앉는다.

바람은 향나무를 타고 흐르고

백팔 염주알마다 아픈 기억을 날려 보낸다.

가끔 연필향나무가 큰 키를 자랑하며 다가올 때

곱향나무와 옥향나무는 천국을 꿈꾼다.

오른쪽으로 왼쪽으로 또는 두 쪽으로

매운 향내가 나면 천국에 갈 수 있을까?

영화를 닮은 현실

비행기가 공중 폭파되거나

배가 침몰하거나

열차나 지하철이 탈선하거나

백화점이 무너지는 장면은

엄청난 제작비를 들여 만든 영화에서

심심풀이 땅콩처럼 등장한다.

돈을 많이 투자한 영화처럼

돈으로 이익을 채우는 사람이 많아

영화를 보지 않아도 되는 세상에

사람들은 심심풀이 땅콩이 되어

아홉시 뉴스 속에서 곱게 부서진다.

올해 결혼한 총각의 웃음도

취업에 성공한 처녀의 당당함도

미래를 꿈꾸며 집을 산 아저씨의 희망도

자녀를 학교에 보내고 출근한 아줌마의 바쁜 하루도

버스를 타고 출근하던 할아버지의 힘든 고통도

택시를 몰고 운전하던 할머니의 끝나지 않는 현실도

멀리 멀리 사라진다.

멍한 나는,

오늘도 탑동 방파제 위에 앉아

낚싯대를 밤바다의 잔물결에 던져 놓고

심심풀이 땅콩을 씹으며

곱게 다져진 밑밥을 낚시에 걸고

바다 저 먼 곳을 향해 오늘을 던져본다.

아버지의 보호자

늘 푸른 소나무라고 생각하던

칠순 아버지를 병원에 모시고 간 날

젊은 의사가 보호자냐고 묻는다

나는, 그만,

아무 말도 하지 못한 채

한 그루의 소나무가 되고 말았다.

가벼워져 가는 아버지를 부축하며

무거워져 가던 나는

세상이 흘러가면

모두 아는 사실을

나는, 그만,

받아들이지 못하고

멀뚱멀뚱 눈 내리는 하늘만 바라본다.

순대국밥 한 그릇에

아들 노릇을 하고 집으로 돌아가는 길

마흔이 넘어

아버지가 내려놓은 자리에 앉아

한라산 고개를 넘어가며

나는, 그만,

늘 푸른 소나무 한 그루로 남는다.

비현실적인 학교

빨갛게 볼이 튼 시작종이 울리는

교실 안으로 들어서면

까맣게 변해 버린 참고서와 노트에서

연필 향내가 안타깝게 흘러나온다.

다 잠그지 못한 속삭임들 사이로

문제지가 건네지면

교실은 오 분간의 묵념에 잠긴다.

떠오르지 않는 기억을 굴리는 시간 속에서

순영이는 자구내로 놀러 갈 생각에 바쁘다.

겨울 바다가 부서지는 모습은 정말 시원하겠지.

종이학 몇 마리를 선생님께 빼앗긴 미현이는

천 마리를 채우지 못한 집안 살림에

끝내 시험을 보지 않았다.

하늘을 우러러 한 점 부끄럼 없기를 바라던

윤동주의 하늘이 창문에 걸리고

교실 벽마다 깨알처럼 적힌 공식들이 바스락거

릴 때

오 분 남았다는 선생님의 낮은 음성이

정답을 맞히던 연필에 감겨

책상 밑으로 굴러떨어진다.

이상과 현실

자식 데리고 재혼한 엄마가

남편보다 앞장을 서서

제 자식을 때려야 하는 것은

돌이킬 수 없는 운명이었을까?

수업 시간 내내 꼼지락거리는 아이

무지개 색종이로 종이학을 접으며

술 취한 아버지의 주정을 날려 보낸다.

휴지처럼 구겨지던 하늘 아래로

첫눈이 내리던 날

수업 빼먹고 책만 가득한 도서실로 찾아와

봉숭아 물들인 손톱을 내밀던 아이

선생님이 깎아버린 손톱을 보며

뒤돌아서던 아이 가슴에 남은 건

바람개비를 들고 서 있는

두 발이었을까?

수업 시간 내내 꼼지락거리는 아이

다리 꼬고 앉으면 허벅지 굵어진다.

뒤돌아보면 S형 디스크 걸린다며 으름장을 놓을 때

키 큰 남학생 하나 손들고 하는 말

"선생님 책상이 너무 작아요."

겨울에 피는 개나리를 보지 못하고

일제강점기의 저항시에 젖은 채

교실 문을 나서는

나의 모습에

아이들 웃음소리만 가득하다.

삶이 부끄러운 이유

2천 5백 년 전 석가가 태어난 날을

기억해야 하는 이유는

모두에게 그가 너무 유명한 인물이기 때문이다

2천 년 전 예수가 태어난 날을

기억해야 하는 이유는

모두에게 그가 너무너무 유명한 인물이기 때문이다

100년 전 나의 증조할아버지가 태어난 날을

기억하지 못하는 이유는

나에게 그가 너무너무너무 멀기 때문이다

세계 2차대전으로 사람들이 3500만 명이나 죽은
것에

세상 사람들이 슬퍼하는 이유는

전쟁이 너무 비극적이기 때문이다

한국전쟁으로 모여든 사람 중 370만 명이나 죽은
것에

세상 사람들이 슬퍼하는 이유는

전쟁이 너무너무 비극적이기 때문이다

아프리카에서 올해도 2억 명이나 아사 위기에서 살
아가는 것에

내가 슬퍼하지 않는 이유는

아프리카 대륙이 너무너무너무 멀기 때문이다.

세상에 신이 있다면

주여!

내가 살아가고 있는 곳에 눈을 감고

내가 살아가지 않는 곳에 가슴 아파하는 사람이 되게 하소서.

내가 살아가는 하루하루가 자꾸만 부끄럽습니다.

겉과 속이 다른 세상

월화수목금토일

아카시아 이파리를 손가락으로 튕겨낼 때마다

흙먼지 풀풀 날리던 길

빨간 시외버스가 올망졸망 꼬맹이들에게

공짜 인심을 베풀던

별도 많던 그 하늘 아래

자갈길이 아스팔트로 포장되면서

사람들은 대문을 세우기 시작했다

간혹, 군인이 여고생을 겁탈했다든가

송악산에 군비행장이 들어선다는 소문들이 안개가

되어

모슬봉을 휘어감곤 했다

혹시 백조일손지묘처럼 집 밖으로 내쫓기지 않을까

젊은이들은 일찌감치 도시로 떠나갔고

끝내 아담한 분교는 포클레인이 잔디밭으로 바꿔놓
았다.

녹슨 철봉과 줄 끊긴 그네가 남은 교정에는

갓 탈곡한 보리가 햇살에 제 몸을 말렸다.

세끼 굶으며 살던 때보다

쌀밥 먹으며 더운물 나는 현실에 만족하며

어른들은

2층 건물 틈 사이로 5층으로 들어선

농협 건물을 올려다보곤 했다.

대두수매가 사라져버린 하늘 아래

아이들은 콩나물처럼 크는데

팔아버린 논에는 잡초만 무성하다.

마을 어귀 팽나무 그늘에는

몇 알의 먹이를 찾아 참새가 내려앉는다.

지난 태풍으로 무너진 초가지붕에

덩그러니 자란 호박이

지나가는 자동차 불빛에 노랗게 늙어가고

녹슨 비닐하우스 틈새로

저 혼자 자란 토마토가 열매를 맺는

마을이 서서히 어둠에 잠긴다.

나의 슬픔을 등에 지고 가는 사람

만 원짜리 지폐 한 장을 들고

한라산을 불러다 놓고

동치미 국물 같은 목소리로

술잔 가득히 바다를 길어 올리던

너는

나의 슬픔을 등에 지고 가는 사람

밤보다 낮이 그늘이던 시대

하루살이의 죽음을 밟고

태양이 하늘 가운데 높이 뜰 때,

탑동 방파제에 올라 별을 부르던

너는

오늘도 먹돌 틈새로 쏟아져 내린다

꿈을 찾아 고향을 떠나며

그늘진 얼굴에 하얗게 미소만 짓던

아침 이슬보다 먼저 가버린 사람

돌아올 약속도 사라져버린 거리에

하얀 가을이 바람에 흩어진다

주머니에서 구겨진 채 손에 잡힌

만 원짜리 지폐 한 장

한라산을 불러다 놓고

너를 부르면

어느새 별이 되어 쏟아지는

나의 슬픔을 등에 지고 가는 사람

가벼운 존재

누가 존재를 가볍다고 하였을까

파닥거리던 숨결 서너 마디가

햇살에 알맞게 구워지면

어김없이 피어나던 바람꽃은

차라리 남사당패 역마살이다

언제나 삶은 바람에 날리고

흔적 없이 사그라지는 사람들

다시 돌아가야 할 길에는

아무도 손짓하지 않았다

외줄타기를 하던 광대가

몇 번씩 계획된 실수로 흔들리는 것처럼

가끔 무겁게 쏟아지던 장맛비는

죽음보다 행복하게 피어난다.

어느 햇살 따사로운 봄날 오후

음료수 몇 상자를 지고

한라산을 오르던 외사촌 형은

결국 잘 섞인 콘크리트가 되어

어느 만큼 올라갔을까?

사랑할 때마다

배고픔으로 흔들리는 나는

하얗게 피어나는 구름을 보며

까만 그늘 속으로 가볍게 숨는다.

억새

차라리 흔적 없이 떠도는 먼지처럼

머루랑 다래랑 먹고 청산에 살 것을

가시넝쿨 얽힌 사람들 속에서

수절과부의 걸음걸이로 피어나는 하얀 죽음

바람에 베인 나무들이

뜻 모를 소리로 부서지는 언덕 위엔

기억조차 희미한 아버지가 서 있고

어미의 육신을 파먹고 사는 살모사를 닮은

모진 목숨 사선(死線)으로 흔들린다

사람들은 억새꽃 사이로 노을이 질 때를 기다려

자신을 풍경 속에 담고

뿌리 뽑지 않으면 다시 피는 너는

가난에서 헤어나지 못한 아버지를 닮아

곡괭이질에도 죽지 못해 흔들린다

골총이 된 무덤가에 달빛을 받아 핀

죽음보다 더 가까이에서 흔들리던 너는

삶의 껍질을 벗고

하얗게 손짓하며 가을 너머에 서 있다

어둠 가득한 오름 등성이마다

까만 바람을 한 움큼씩 나누는 너는

지워지지 않는 상처를 벗겨내는

하얀 기억이다.

당구풍월(堂狗風月)

사서오경을 외면 벼슬하던 시대(時代)

훈장선생 벼슬이나 할 노릇이지

회초리를 들고 말이 없고

서당개 뼈다귀를 물고 잠이 든다

인생도 유전이라

손주 녀석 책상머리에 앉아 글 읽는 소리에

해가 지고 호박꽃이 핀다.

사서오경을 외워도 벼슬하지 못하는 시대(時代)

국어선생 글이나 쓸 노릇이지

글의 행간을 생선 칼로 발라낼 때마다

가보지도 못한 나라를 꿈꾸는 여학생들이

어둠처럼 머리를 드리운

교실에 찬밥으로 남아

반복법으로, 가끔은 도치법으로 하루의 일상을 접
는다.

사서오경을 외면 벼슬하려는 시대(時代)

날짜만 바뀌는 공문서를 치는

나의 인생도 유전이라

셰퍼드 한 마리 긴 하품을 날리고

구 할의 바람이 부는 세상 속에서

빈 깡통 하나 굴러간다.

첫눈

며느리를 들볶아 몸에 좋다는 음식을 찾아다니는

시어머니 걸신걸신 돌아다니는 폼이

여자로 태어난 게 한(恨)이라

여든 무렵 찾아온 위암으로 드러누워

호박죽을 먹고 누에고치처럼 잠이 든다.

세상살이 서러움도 많아

업보처럼 먹은 음식을 다 뱉어놓고 가던 날

첫눈이 내린다.

오목가슴에 걸린 손주 녀석이

여섯 자 관 속에 때묻은 셔츠 하나 보시하고 나면

산봉우리를 거뜬히 오른다.

먹을 게 없어 도망친 할머니가

아들 하나 데리고 돌아왔을 때

하늘에서 떨어진 도련님 술시중에

고개 들지 못한 며느리 센 머리카락 사이로

삶은 닭살 같은 눈이 내린다.

울음과 통곡소리는 주인을 찾지 못한 채 흩어지고

소주 한 잔 담배 한 모금씩 돌리고 나면

사람들은 잔디조각마다 나뭇가지를 꽂아 놓고 뒤돌아선다.

한(恨)없이 살다 간 무덤 위로

첫눈이 내린다

오늘과 내일 사이

국화꽃 한아름씩 소각장에 폐기처분하는 오후

목청 높은 선생님 말소리를 피해

돈 벌러 간 어머니에게 편지를 쓰는 기철이를 불러 내어

납부금 독촉을 하다가 맥 풀린 3학년 3반 교실

수업시간에 종이학을 접다가 빼앗긴 인희가

천 마리를 채우지 못한 살림에 가출해 버린 책상만

한 달이 넘도록 미화정리 대상으로 남는다

미용사가 되겠다는 은미가

꽃핀 머리를 가위로 잘라내다가 교무실로 끌려오 는 날

서른다섯 살, 그녀는 통통한 허릿살을 포개놓고 퇴 근을 한다

보도블록 틈새로 자라던 풀꽃 하나 구두에 짓뭉개 지고

중심 잃은 낙엽이 바르르 뒹군다

세상에는 사랑해야 할 것이 너무 많아

성적을 비관하여 아파트에서 떨어져 죽은 아이와

가출 소녀가 세상에 취해 널브러진 세상에

그녀는 문득 때를 벗기고 싶다

바람이 불 때마다 껴입은 옷들을 차곡차곡 벗어 놓고

땀구멍을 막아버린 때를 부풀린다

욕탕에서 첨벙거리는 아이들을 향해 미소를 띠고

사우나에 들어가 또 다른 그녀를 일으켜 세운다

여인네들 코 큰 서방을 들먹이며 웃음소리를 흘려
보낼 때

비누칠을 한 그녀가 배수구를 따라 하얗게 지워진다

다시 목욕탕을 나서면

그녀의 하얀 목덜미 위로 뽀얗게 먼지가 내려앉
는다

유리창에 비친 세상

부끄럼 많던 스물아홉 처녀
시부모 앞에서 퉁퉁 불은 젖가슴을 드러내 놓고
아이를 달랜다.
쌀눈처럼 돋아난 이빨로 물어대는 아기의 볼기짝을
두드리는 그녀 얼굴에 스무 살 희망이 고개를 숙인다

딸아이를 안고 잠든 아비 얼굴에
육십 촉 불빛이 붉게 가라앉고
어미는 하루의 일상을 쑤셔 넣고
세탁기를 돌린다.
삶은 표백제에 담겨 하얗게 거품 속으로 사라진다.

경매 잡힌 아파트,
김치찌개를 올려놓고 아내는 마음을 뽀글뽀글 끓
인다.

두 살배기 딸아이를 업고

윙이 자랑 윙이 자랑

우리 아기 착한 아기 남의 아기 우는 아기

할망 손지 재워 줍서

윙이 자랑 윙이 자랑

사랑도 깊어지면 독(毒)이 된다

썩어도 함부로 뱉어낼 수 없는

누런 어금니를 닮아

눈감아도 눈감아도

잊을 수 없는 삶이 된다.

탓해야 할 사람

"형 누나들은 모두 4년제 대학에 갔는데……."

친구와 주먹질하다 유리창 깬 녀석 고개 들지 못하
는 날

학부모는 구겨진 깡통처럼 목소리를 높이고

선생은 침묵 중이다

지도를 잘못한 탓인지

"중학교 때까지 착했는데, 고등학교 들어오니까 변
했어요."

가정지도를 부탁하려다

무능함만 탄로 나는 날

그 녀석, 뒤돌아서며 씩 웃는다.

"김 선생, 어느 집안이나 한 명쯤은 그렇잖아. 아버
지가 경찰이니까 그냥 넘어가는 게 어때?"

가출 여학생들이 집단생활을 한다는 연락을 받고

찾아간 집엔

농촌을 버리고 떠난 아픔 대신에

술과 담배꽁초가 수북했다.

"친구 잘못 사귀어서……. 어떻게 졸업만이라

도……."

어머니의 울먹임에 아랑곳하지 않고

자퇴하겠다고 도장을 내미는 아이

선생은 침묵 중이다

지도를 잘못한 탓인지

새옹지마^(塞翁之馬)

두 달 동안 비 한 방울 내리지 않아
동네 어른 3일 동안 정성 들여
기우제를 올리던 다음 날

벌초하던 사람이 버린 담배꽁초에
산불이 난 당산봉 아래 모여
기우제는 기화제라고 한숨짓던 다음 날

태풍은 300㎖가 넘는 비를 뿌렸다.
양수기로 물을 주던 마늘밭은 연못이 되고
사람들이 넋을 잃고 모처럼 쉬던 다음 날

고랑 없는 이랑을 걸으며 돌을 날랐다.
아스팔트 포장으로 길은 높아만 가고
순이네 마늘밭은 낮아지던 다음 날

날은 밝고 사람들은 밭으로 나간다.

기르던 개 한 마리 도망치고

사람들은

또 다른 희망을 만든다.

찾아오지 않을 희망을 만든다.

닮지 말아야 할 얼굴

닮지 말아야 할 얼굴이 있다

길가에 핀 튀밥 같은 인동고장을 따먹으며

배고픔을 달래며 올려다본 하늘엔

호빵 같은 구름이 흐르고

지방 대학 졸업장을 들고 찾아간 곳마다

세상 사람들은 위아래를 훑어보기만 했다

낮에는 공사장에서 벽돌을 지고

밤마다 술에 취해 들어온 남편을 두고

아내는 아빠를 닮은 아이를 낳고 떠났다

닮지 말아야 할 삶이 있다

휴일에도 교복을 입고 뛰어놀고

아침마다 신문을 돌리는 목소리가

어미를 닮아 눈물겹게 고운 아이

저승길에 아비는 빈 술병만 남기고

햇살조차 들지 않는 방 안에

옷장 속에서 우는 귀뚜라미 한 마리만

친구로 남는다

닮지 말아야 할 길이 있다

납부금 독촉에

이슬처럼 맺히던 여학생에게

실습신청서를 내미는 나

야간 자율학습을 마치고 올려다본 하늘

별도 가슴 시리게 밝다

아파트에서 크는 나무

아파트 1층 화단에서 나무들은 비틀기를 시도한다
단풍나무는 태양빛을 찾아 몸을 비틀고
목련은 담팔수 그늘을 피해 비틀기를 시도하고
소나무는 기둥이 잘려 멍하니 서 있다

창문 곁에 가지를 잘라내고
나무들은 건물 바깥쪽으로 가지를 뻗다가
균형을 잃고 흔들거린다.

태양빛을 찾아 자라던 나무들은
1층을 넘어서 2층 아저씨와
3층 아주머니의 불화 소리에 한쪽 귀를 막고
도로 쪽으로 가지를 뻗는다.

직박구리 녀석 날아가면서 뱉어놓은 배설물에

하얗게 화장을 한 자동차들은 출근을 한다.

모두 그늘에서 벗어나 태양을 찾아

여름을 견뎌야 나무가 된다.

나무가 된다.

사람들은 소망을 담아 나무를 심는다.

나무는 도로 방향으로 자라지만

사람들은 소망이

아파트 방향으로 자라지 않는 사실을

기억하지 못한다.

내가 가야 할 길

하늘은 나에게,
바람에 수굿이 풀잎소리를 내는 봄날 아침
누군가 뱀을 죽이면 내리던 비내음이
보푸라기 되어 흩날리는 길을 가라 한다

하늘은 나에게,
매미소리 새까맣게 몰려들던 여름날 오후
수박 서리하다 들킨 꼬마들이 타작마당에 끌려나
오면
여자친구 웃음소리 고소한 길을 가라 한다

하늘은 나에게,
철부지 신랑을 위해 돼지 목따는 소리 높은 가을 저녁
농약 값, 품삯으로 아홉 손가락을 접으면
제 노동 값도 빚진 사람들이 윷노는 길을 가라 한다

하늘은 나에게 길을 가라 한다

얼굴조차 기억 없는 할아버지가 황소를 몰고 오는
겨울밤

눈꼽 낀 아내가 끓여준 콩나물국에 얼큰히 풀어
지는

목화솜 듬성듬성 뿌려놓은 관음사 길을 가라 한다

닮지 말아야 하는 삶

가난이야 유전하지 않음에도

맑은 수돗물로 배를 채우고

오래달리기를 하다 곱게 쓰러지던 아이

학교에서 돌아오던 길에는

풀잎마다 이슬이 맺혔다.

논밭이 없어 농촌 학교를 다니고

형제가 많아 휴학을 하고 군대를 가던 아이

세상은 돈을 중심으로 돌고 돈다.

부자가 되겠다고 마음먹은 아이

가난이야 유전하지 않음에도

결혼을 하고

자기를 닮은 아이를 낳았다.

학원을 보내고 수십 권의 책을 사고

　과외를 해야 한다는 마누라 언성에 고개를 끄덕거
린다.

　첫눈 내리던 날

　아이는 부모를 닮지 않았으면…….

　아이는 엄마를 닮아

　저 먼 곳을 향해 떠나고

　그는 매일 텅 빈 집을 잠그며

　또 하루를 시작한다.

기억의 한 조각

물마루를 따라 오징어배 불빛이 하늘과 땅을 나
누고
밤바다가 창문 밖에서 나를 부릅니다.

어릴 적 밭일을 끝내고
어머니를 따라 뒤따라오던 그림자 속에는
구 할의 바람이 가득했습니다.
아버지의 휘파람 소리를 따라
까맣게 탄 허리병이 밤마다 방 안에 가라앉곤 했습
니다.

모진 세상에 남편을 잃고
손주 녀석 한번 마음놓고 안아보지도 못한 할머
니는
몹쓸 병에 세상을 버리고

때묻은 사탕 하나 이불 속에 숨겨놓으셨다.

까만 밤 별로 떠서

제사상 앞에서 할머니는

냄새난다며 도망치던 손주 녀석 절 받으신다.

바람을 머금은 코스모스 한 무더기

햇살을 떨어뜨리는 가을 길가가 나를 부릅니다.

말은 선풍기 바람에 날리고

늘 태양은 동쪽에서 뜨고 서쪽으로 진다.

나는 운명처럼 서쪽에서 동쪽으로 돈다.

바람이 부는 방향

바람은 늘 동쪽에서 서쪽으로 분다.

어머니는 빨래를 바람 부는 방향을 향해

키 높이만큼 걸어두고

마루에 앉아 먼 산을 바라본다.

참새들이 여기저기 몰려다니던 날

바람은 서쪽에서 동쪽으로 불었다.

돌담이 무너지고 빨래는 집 밖으로 날려간다.

어머니는 옷을 잃어버리고

마루에 앉아 먼 산을 바라본다.

다시 바람이 동쪽에서 서쪽으로 분다.

동네 사람들은 돌담을 쌓고

참새들은 여기저기 몰려 다니며 벌레를 찾는다.

어머니는 새 옷을 꺼내 입고

마루에 앉아 먼 산을 바라본다.

바람은 서쪽에서 동쪽으로 불지 않는다.

어머니는 동네 사람들과 이야기를 한다.

혹시 남쪽에서 북쪽으로

바람이 부는 일은 없을 것이라 믿으며

어머니는 마루에 앉아 먼 산을 바라본다.

아이들과 밥

아이들은 학교에서 점심을 먹는다.

오늘은 떡볶이, 내일은 제육볶음, 모레는 고기국수
가 나온다.

가끔 생선구이와 도라지생채가 나올 때

몰래 담장을 뛰어넘어 짜장면을 먹고 온다.

아이들은 콩나물밥으로 모여 앉아 있다가

학교가 끝나면 오징어볶음이 되어

오이소박이같이 풋풋한 걸음으로 집으로 돌아간다.

가끔 두부조림으로 책상 위에 엎드려 있다가

표고버섯전이 되곤 하지만

매일 나오는 배추김치의 맛에 절여지고 있다.

몇몇 아이들은 학교에서 저녁을 먹는다.

북엇국에 더덕생채와 제육볶음을 먹는다.

냉수 한 컵으로 국수영 교과서를 정리하고

보리차를 마시며 사회와 과학을 떠올린다.

저 언덕을 넘으면 더 멋있는 미래가 있다고 믿으며

10kg가 넘는 가방을 짊어지고 학교 문을 나선다.

캄캄한 어둠 속에서

밝게 빛나는 별 하나, 아이들과 함께 횡단보도를 건

넌다.

잃어버린 기억

하얗게 벚꽃이 날리는 전농로에서

우리는 축제에 젖어 마음을 연다.

깔깔거리는 연인들의 웃음소리가

자동 카메라에 찍히지만

꽃이 피고서야 새순이 돋는 아픔을

아무도 기억하지 못한다.

몇 해 전

사월의 흑백사진 한 장으로 떨어진

청년의 죽음 뒤에는 푸른 잎사귀가 가득했다.

하얀 막걸리를 기울이며

사라진 마을의 저녁연기를 아느냐고 묻던

붉은 눈동자에는

하얀 벚꽃이

바람이 되어 흩날렸다

하얗게 벚꽃이 날리는 전농로가

까만 먹구름에 잠겨갈 때

그림자를 잃어버린 사람들이

우산 속에서 통통거리는 웃음을 날린다.

새순이 돋아날 자리마다

촘촘하게 봄비가 통통거린다.

당신과 나의 이야기,

우리들의 詩簡^(시간)은

계속된다.

당신과 나의 이야기,

우리들의 詩簡(시간)은

계속된다.

아이스아인슈페너

초여름 태양빛에 물들은 유리잔

그 벽을 적시는 뜨거움과 차가움에

태풍 속 휘몰아치는

커피의 몸살기가

남몰래 내려놓은 욕망의 깊이만큼

크림 빛 빗물에 스르르 녹아드네

당신이 머물던 바다

해질녘 수평선처럼

무릎의 시간

시간은 무릎만큼 차있었다 발을 내딛기에 적당한
그러나 쉽게 나아가지 못하는

달리기하고 싶어졌다 무릎 위로만 남긴 채 두 발은
이미 물살을 부수고 헤치며 먼저 가고 숱하게 찢겨나
간 유년의 생활계획표로 하늘은 나지막이 도배되고
달리기하던 자잘한 물방울들 슬로비디오처럼 느리게
떨어져 방울방울 일렁이는 포말들이 무릎을 잡아끌
어 나를 그곳에 그때에 잡아두고 싶어 했다 이미 먼발
치로 사라져가는 두 다리에게 두 발목에게 열 개의 발
가락들에게 이별을 고하고 홀로 남거나 그대로 멈추
거나 그건 선택이 아닌 어쩔 수 없음이었다 빠알간 노
을이 잠긴 외도바다는 언제나처럼 부드러웠고 물이
잡아끄는 손은 냉정하리만치 차가웠다 아무도 내게
물어주지 않았다 당신의 남은 시간으로 얼마나 깊게

잠수할 수 있는지 아무 답도 준비하지 못했지만 물어

주길 바랐다

　무릎 아래 잠긴 나의 자잘한 시간들이 모래 속으로

다 잠기기 전에

마살라 타임

언제 어디서든

기쁠 때도 죽음을 애도할 때도

뜬금없는 고백으로 시작되는 몸짓 하나거나

남몰래 흐느끼는 목선 따라 굽이져 우는 소리 하나

거나

영화 같은 옆집 여인의 다큐

귀 기울여 훔쳐본 날

뜬금없는 인도식 마살라 타임

바쁜 만큼 남루해진 삶에 서서히 스며든

몸짓만으로 채운 독백의 시간이라

양념이거나 도구 같은 영화 속 감초 같은

그 춤사위 오늘도 기다리는 난

미치도록 내일이 보고팠던 게지

지금 머문 그곳 그 순간

살아있다는 걸 느끼려면

춤을 춰

무도의 시작, 나만의 마살라 타임

유채꽃

할머니 염색 바란 노랑 머리카락

유채꽃 아래 숨더니

내내 보이지 않는다

나는 우렝이 마을 한 바퀴를 다 돌고도

꽃 속에 숨은 죽음을 찾지 못한다

너무 이뻥 이다음 여기서 죽으믄 조켜

할머니 목소리 귓가에 쟁쟁한데

차 오난 타고 그냥 감수다 다음에 또 오쿠다

할머니 들으라고 큰 소리로 외친다

일 년 만에 와 밥도

한 술 안 뜨고 그냥 가냐며

유채 밭 귀퉁이 심어둔

보물 캐러 가신다나

할머니 얼굴이 보물이라고 말할걸

서투른 사랑에

훌쩍 버스를 오른다

차창 밖 바람이

외도 바다를 훌훌 삼키고

버스는 집을 버린다

하루 만에 찾아든 집

할머니 사진이

행복하게 향내를 마신다

부디 사람들 웃으라고

빨간 립스틱 짙게 바르니

한 십 년은 더 살 걸 그랬나 보다

빗물 따라 할머니

바닷가로 흘려보내고

나는 또 버스를 탄다

엄마도 아빠도 할머니도 떠난 집

언제쯤 유채꽃 밭에 숨은 보물을

내가 찾아낼 수 있을까

할머니 가지런한 틀니가

주인을 기다린다

시간의 사다리

뼈를 발라낸 주검들 사이

유유히 헤엄쳐가는 한 녀석

살았구나

여행 가방에서 떨어져 나온 항공 티켓처럼

녀석은 기억의 아주 일부분이고

전부이기도 하지

녀석의 단단한 뼈가

붉고 투명한 몸통 안에서

허연 이 드러내며 웃는데

여름 귀퉁이에서 버티지 못한 열대어들은

산란 후 알람을 맞춘 듯 시한부 삶

꾸르륵 내려놓더라

그래도 살았구나 너는

녀석은 돌멩이들 사이로

제 분변을 파먹더라도 살고자 했겠고

분변 위 곰팡내만 남은 알들

토악질하며 먹어치웠겠다

용케 살았더구나 너는

온몸에 일어난 작은 기포들

경기 일으키며 죽음보다

더 찬란한 노래로 파르르

물결 밖 이명 일으킨다

비로소 알겠다 나는

수많은 열대어들의 뼈 속에 기생해온

네 삶은 먹고 먹히는 시간

사다리에 매달려 기필코 버텨온

나라는 것을

그러니 아직 기다리겠네

작은 어항을 뛰어올라

비로소 날게 되는 너의

크고 찬란한 몸짓이 될 그때를

카페 낭에서

죽음보다 더한 시간들

묵묵히 지켜준

아름다운 그녀의

아메리카노 한잔은

문장 하나에 조여들다

굳어가는 내 심장을 녹이지

살아서 더 좋은

문장 하나가 사르르

얼음과 부비며

어우러지는 그 순간

여름도 훅 지나갈 거야

매일 그녀와 함께라면

첫눈

바람에나 흩어지는 먼지처럼 흩날리다

제 온도 못 이기는 하얀 꽃잎으로 낙화하니

첫눈에 알아보지 못한 그 사람

첫눈 나린 눈가에

그렁그렁 맺혀

책

너로 얼룩진

첫 문장은 밤새 갈아놓은 새벽의 피로 붉게 물들었
다 태양만 보면 서슬 퍼렇던 너는 여명을 꿀꺽 삼키곤
미치도록 나를 갈구했다 찢기고 벗겨진 관념이나 추
상어를 차라리 너와 함께 찌꺼기로 분리하기로 했다
우선 커피를 마시고 카페인에 취해 4B연필로 바지런
히 십자가를 소묘해둔 잠금장치를 풀었다 작은 스위
스제 칼 하나 폼 나게 꺼내 반복 학습해둔 자살습관으
로 두 번째 문장을 채울 일은 없겠다 어떤 개 같은 너
의 흔적 따위 읽히고 싶지 않아서 관습처럼 헛기침을
뱉는 기억의 곰팡내를 말끔히 치우고 씻어낼 허브 향
샴푸에 머리를 조아리는 일로 하루를 정리해야겠다
말끔히 빗어낸 머리카락 흠씬 뽑아 숨겨둬 볼까 혹여
화석으로 남으려나 하루 세 끼 밥을 먹고 배를 토닥이

고 끓여내는 커피포트에 얼굴을 박아 잠시 얼려둔 머
리를 꺼내 식혀두는 게 나으려나 오래 전 빌리고 돌려
주지 않은 너의 시구를 읽어내고 도리어 잃어버렸다
나는 오늘 살아갈 이유 하나를 벌었다 지독하게 찬란
했던 네가 내게 남은 유일한 책이 된 날은 별일이 아
니어야 해서 기억을 다 먹어버린 일기장을 굽는 일로
두 번째 문장을 시작하기로 한다 내가 기억할 첫사랑
이란 말끔히 찢겨져 소각된 무소유의 시간이면 충분
할 테니 너는 리셋되어 꽂아두고 꺼내지 않을

책이 된다

효모식빵 한 조각

식빵을 자르니

폭신한 당신 품이 생각나

하루쯤 효모처럼 다닥 붙어서

부푼 기억 잠시 새겨 볼까 하였네

흩날리는 커튼 사이 보이는

당신이 뉘인 깊고 푸른 잠

하루쯤 내 기억으로만

가득 물들였으면 하였네

꿈속이라도 내 생각

조금은 하라고

풋바람 몰래 와서

뺨을 쓰다듬어

부드러운 식빵 조각

꽉 깨물어 볼까 해

이 적당한 때

차라리 깨지 말라

내 침묵까지 깊게 새겨 넣어

오랜 잠 같은 당신

되새김질할 수 있게

독

　음악이 녹아드는 라디오 한 스푼을 젓는다

　쓰디쓴 독설에 취한 귀를 씻어내는 과분한 그것을

　손가락이 커피나무마냥 뻣뻣해진다 어디부터 잘라
내야 이 오염을 끝낼 수 있을까 중독이다 커피 물을
끓이고 까맣게 타버린 심장을 설탕으로 달래고 티타
임만큼 서서히 죽어 감을 눈치 챌지라도 끝낼 수 없는
이 지겨운 살아감에 죽음조차 중독되었다 마지막으
로 당신도 내 혀에 중독될 거야 나에게 한 스푼 당신
에겐 두 스푼 그렇게 중독의 숫자를 새기고 아주 오래
저어냈으니까

　앞으로 살아갈 날만큼 오염될 내 혀는 아직 뜨거울
테니

　후 불어둬 사랑하는 만큼

오벨리스크

태양은 이미

심장이 약한 그녀는 새벽녘이면 실종되는 몽유를
앓았다

몽유 뒤에 남은 붉은 선혈이 피라미드를 따라 오르
고 있었다

잃어버린 이들 하나씩 둘씩 제물로 새겨지고 있
구나

살아남아라 나의 태양아

글자 하나 모르는 까막눈 그녀가

상형문자로 기억되다가 지워지고 있었다

한 땀씩 수놓아진 뜨거운 수다들 진정

높은 첨탑 위로 날아가 분해되고 있었을까

시집 간 그녀의 오랜 사진첩 위로

침묵의 먼지들 켜켜이 쌓여간다

사랑했던 것들은 모두

오벨리스크 성벽을 기어오르고 있다

누군가의 적이었으나 누구의 적도 아니었던

그들이 자꾸만 수장되고 있다

머무는 자리가 정해져 있었다

* 오벨리스크obelisk: 고대 이집트에서 태양 숭배의 상징으로 세웠던 기
념비. 네모진 거대한 돌기둥으로, 위쪽으로 갈수록 가늘어지고 꼭대기는 피
라미드 모양으로 되어 있으며, 기둥면에는 상형 문자로 국왕의 공적이나 기
타 도안이 그려져 있다.

미움의 질량

누군가에게 말한 적 있던가
사람이 사람을 미워하는 게
얼마나 힘들고 무거운 일인지

뜨거운 물이 식도를 타고 내리는 고통일지도 몰라
　보지 말아야 할 것을 본 어린아이가 바람에 찢겨진
여린 잎처럼 바들바들 온몸을 떨던 두려움인지도 몰라
　차라리 모를수록 좋았을 시간들을 기어코 알 수밖
에 없도록 한 꺼풀씩 제 눈의 막을 벗겨내야 하는 고
문인지도 몰라
　있어야 할 것을 잃었을 때 없어야 할 것을 안고서라
도 바득바득 살아야 할 숙명 같은 건지도 몰라
　시시때때 세상의 기울기에 물들어 균형을 잃어가고
있는 지금의 너와 나라면

누군가는 말해줄 수 있을까

사람이 사람을 좋아하는 게

얼마만큼 미워해야

가벼워질 수 있는 질량인 건지

새

날아올라

어디로든 가겠지

저 먼 곳을 내다보는

바람처럼

기억을 기억하지 않는 방법

시간의 흐름 따라 복잡해진

오래된 선로

가야 할 방향을 잃었나

낡아빠진 전기회로에 갇혔어

그 지독한 외사랑

기억의 바다를

온통 사막으로 만들어

한 줌 소금으로도 남지 않겠어

서툰 만큼 짠내 나던

그 외로운 사랑

한 톨의 선량한 기억조차

남김없이 훔치려는지

자꾸만

내 머리를 노리는 것 같아

검은 눈의 저 새처럼

까마귀

아버지의 사다리가 분해되던 날

낟알들은 우수수 푸른 하늘 위로 날아올랐지

이 낟알들 받아먹고 끝까지 살아남아라

그럼 제발 밧줄을 내려주세요

아버지는 긴 혀를 밧줄 삼아

발가벗은 아이를 동동 감아 올리네

낟알들 다닥 다닥 혀로 쏟아지는데

아버지가 웃으며

기름으로 얼룩진 두 손을

날개마냥 자꾸만 펄럭이고 있네

오물오물 낟알을 씹는 아이가

깃털 박힌 밧줄을 부르르 털어대네

나사 풀려 흔들대는 조잡한 다리로는

단단한 붙박이가 될 수 없었던 아버지

그거 말야

심장 하나 던지는 일이

뭐 그리 대단한 것일까

내가 그래도 아버지인데

신이 내린 식사 시간은 평등해서

넝마 같은 아버지 탈탈 털린 채

바닥에 남은 찌꺼기들로 흩어 있네

아직 모자라네요 아버지

까만 날개 빛나는 새 한 마리

남아있지 않을

그 오랜 비밀 같은 미래에는

누구의 영혼을 팔아야 할까요

누렇게 물든 평야에

살고자 했으나 죽어가던

까만 날개 빛나는 새 한 마리

아버지를

갈퀴 같은 두 발들이

떼 지어 앉아 먹고 있었네

혹여 외눈박이 어린 새였는지 모를

혀 잘린 바람 하나만

아침 내내

까악 까악 울어대네

떡잎

바람이 가고 나면

함께 떠나는 것들이 있다

가고 싶지만 미처 가지 못한 이들은

또 한 번의 바람을 기다리고

아무것 남아있지 않다 생각했을 때

비로소 눈에 들어오는

제 몸을 낮춘 어린 떡잎

바람을 따라갈 이유도

바람이 제 몸을 흔드는 이유도

알지 못한 채

마른 땅에 작은 뿌리 내리고

온몸으로 꽉 붙들어가며

머물고 싶어 하는 너

문득 바람에 젖어보니 알겠네

네가 살아야 할 이유가

내가 떠나야 할 이유였음을

기억의 문

십 년의 세월과 함께

두 남매의 아버지임도 잊어버리고

마흔네 가닥 겨울바람조차 즐거워

좀처럼 나아가지 못하는

한 사람이 있습니다

그가 웃으면

아내가 웃습니다

깊은 볼우물에 상처 깊은

울음을 숨기고

오래된 기억을 꺼낸 듯

소르르 웃습니다

그의 겨울은

봄맞이를 위해 잠시

기억을 숨겨두는 보자기라고

봄이 되어 펴 놓으면 기억의 편린들

소르르 꽃으로 피어나라고

잃어버린 기억 한 가닥 한 가닥

손끝으로 모아두며

아내가 웃습니다

그 겨울 꽃 같다던

아내를 찾아 그가

서툰 걸음으로

아리운 맨발 내딛을까 봐

예기치 못한 불행이

행복으로 가는 조금 높은

문턱일 뿐이라 주문하며 아내는

오늘도 웃습니다

기억은 때론

삶을 무겁게 한다는 걸

잊게 되는 어느 날

그가 화알짝 웃어줄 때까지

성형하는 날

희뿌연 거울 속

커다란 눈망울 목소리 없는

어머니

울고 있습니다

늘 목이 마르던 나는

거울 속 두 갈래진 가슴을 향해

날을 곧추세우고

커버린 키를 도려내고

오래된 배고픔을 도려내고

어머니 웃음까지 깊이 도려냅니다

차가운 비수의 따스한 축복으로

어린 소녀가 기다리던 날들은

한 장 또 한 장

그림이 되어

흔들리는 기억의 액자에 갇히고

처음부터 없었던 것처럼

날선 작은 칼

손끝으로 쓰윽 밀어대면

거울 밖 내가 웃습니다

민들레

첫 이 빠진 아이 같아

아파트 방음벽

틈에 핀 민들레는

노란 시절 삼킨 홀씨

가녀린 뿌리를 내고

또 한 생을

바람에 심는다

은행나무

높다란 가지에 걸렸어요 어머니

시간을 훔쳐다 기억을 사려던

서툰 욕심 탓이지요

성긴 그물 같은 손바닥에

기억을 묶어두겠다고

노란 은행잎 아가 손 두어 개

작은 열쇠마냥 채워

벌써 좇아올 가을이 무섭다고

여름밤 가랑이 사이 숨겨둔

반딧불이 하나 풀어두겠다지만

아무것도 없던걸요

아무도 없었어요 어머니

어머니는 찾고 또 찾다가

자꾸만 오줌을 찔끔거린다

배고픈 탓에 하루 식사 다섯 번

오늘 식탁에는 눈도 많아라 하얗게

불어터진 밥알들을 날리면

곧 겨울이 올지도 모른다고

자꾸만 끼니를 챙기시나 보다

아버지 떠난 가을

뒷자리 채울 어머니의 겨울이

가까운 탓에 사람만큼

꼭 그만큼 그려내고

온전히 지워버리는 시간이

남긴 길에 조금만 더 웃다 가라고

젖은 고쟁이랑 노란 은행잎 손 함께

내내 가지를 흔들어요 어머니

우울한 고등어

푸른 등허리 바다를 업고

날아오르고 싶던 고등어 한 마리

두 눈 부릅뜨고 살아내서

한 아이의 아버지고 싶었다 너는

아버지 당신 뭐하는 사람이냐

핀잔을 들어도 좋겠지

등허리가 활처럼 변하더라도

떵떵거릴 자식 자랑거리

하나만 건져도 좋겠지 했다

파란 꿈같은 그물에 걸려

끝도 없는 하늘 위

눈부신 태양을 처음 본 너는

고등어가 네 이름인지도 모른 채

이 우라질 촘촘한 세상을 뚫고

다시 날 수만 있다면

아버지 아닌

멋진 솔로라도 좋겠지 했다

널 닮은 한 친구가 철판에 누워

검은 눈물 온몸으로 흘리고

우유니 사막 같은 하얀 죽음의 향

너의 몸에 스며듦을 알았을 때

어릴 적 포말 속 아버지 목소리

가까스로 기억해 내고는

한 번쯤 아버지의 좋은 아들이었다면

짠맛조차 달콤한 어떤 시간

함께 나누었을 테니 좋겠지 했다

파란 그릇에 옮겨지는 친구

하얀 거품 눈물처럼 흘리니

내 차례구나

우울했다 고등어 너는

작은 앞바다 따위 창피하고 싫다

떠나지 않았더라면

아버지의 아들이라서 좋아라

고맙다 여기며 살아왔더라면

비로소 네가 알고 싶어진 너만의 시간

삼겹살이란 녀석에 밀려

깊은 우물 같은 아이스박스로

떨어지고 보니 너는

한 번쯤 이름이라도 남기고 가면 좋겠지 했다

낯설고 긴 어둠 속에서

감나무 편지

우체국 계단 사십 개

까마귀 한 마리

진홍 감들 사이로 날아갈 적에

반쯤 걸친 생각이 푸드득

부치지 못한 시간들 안으로 숨어

잘 살라 할걸 그랬나

내 아비 버린 내 어미라도

그만 용서한다 할걸 그랬나

다디단 감들이 바람소리에 놀라

어미 젖마냥 달게 흔들리던데

감 한 개 툭

사십 계단 아래로 구르니

하마터면 나 올 뻔하였네

가야 할 길은 하난데

사십 년 미움에 눈멀어

보이는 길 하나 없는 것 같아

우체국 계단 사십 개

까마귀 한 마리는 푸드득

단숨에 오르는데

반쯤 머문 내 용서는

감나무 가지마다

주저앉아 있네

꽃잎에 베이다

내 서른은 익숙함보다 낯설음에 길들여지고 있
었네
무릎만치 들어선 바다는 나아가기에 버거워
돌부리에 걸려 무너지듯 넘어지는 걸음의 반복이
었고
성할 날 없는 상처투성이 아내였으며
아기가 울어도 이유 몰라 같이 울던 철부지 엄마였
으니

내 서른은 갓 지은 밥처럼 따스할 틈이 없었네
버려진 시계처럼 분침만으론 셀 수 없는 모호한 경
계에서 앉지도 서지도 못해
유채꽃 흐드러진 밭 언저리에
익어버리다 식어 굳은 눈칫밥으로나 뒹굴고
요리 서툰 손목마다 입은 화상 자국은 기름때처럼

점점이 무뎌져 갔으니

　내 서른은 살아온 나이가 아니라 살아가야 할 또 다른 내 몫의 시침이었네

　유채꽃 진 돌밭 위에 쌓아올린 아파트 정원엔 자색 목련과 동백꽃이 원주민인 양 자리 잡은 지 오래고

　뜨겁게 솟구치는 아드레날린보다 조용한 맥박에 숨죽일 줄 아는 이십 년

　숨 참아내며 뿌리내리고 있었으니

　내 서른은 서서히 무너지다 금세 무뎌짐을 배우고 있었네

　날선 삶은 뭉툭한 삶을 이길 수 없는 법이고

　오랫동안 베여 있으면 아픈 줄 모르고 상처를 꿰매는 법이니깐

　아무 시간 아무 곳 모든 계절에 꽃은 피었고

그 꽃잎에 베인 줄 모르고 살다간 내 서른은

서툴고 미안하기만 해 꿰매버린 상처투성이

그저 조금 자란 아이였을까

가만히 토닥여본다

내 서른을

사월에 쓰는 편지

늙고 병든 사월을

볕 잘 드는 잔디밭에

두고 오고 싶었어요

맨발로 뛰놀던 아이를 안고

하늘 높이 올리던 당신 손이

날 부르나 뒤돌았을 때

소리도 없고 냄새도 없는

기억은 왜 그리 코를 쑤시던지

시큰한 콧방울로 흐르던 건

콧물이 아니라 눈물이었음을

이미 난 알아 버렸지만

물같이 맑아서 아픈 당신을 빼닮아

해맑은 내 작은 아이

볼 때마다 까마득해 자꾸 아픈데

눈물도 어느새 숨는 법만 배웠나 봐요

갑자기 쏟아지는 소나기

등줄기 씻어 내릴 사월 봄비가

사랑했던 모든 날들 씻어내라고

가만히 우산 밖으로 손 밀어

밀어내고 밀어내보네요

손바닥 온통 젖어 퉁퉁 불 때까지

살기 위해 잊어가겠다

사람은 모자라야 또 모질어야 살아

당신 목소리조차 들리지 않게

나는 오늘도

귀를 말려줄 햇살을 기다려요

친구

안개주의보 내린 길

가려진 시간 속에서

무작정 기다릴 수 있다는

그건 말야

저기쯤 와 있을 거라

꼭 믿는

그 사람 있기 때문

바람을 기다려

빨래 건조대에 나란히 걸려있는 양말들 보며

한 번도 신어보지 못한 등산화가 떠오르는 건

한번은 오르자던 약속

미루다 놓쳐버린 당신을

채 버리지 못한 미련 때문일까

그 등산화 혼자 신고 나서야 할

나를 아직 믿지 못하는 탓일까

오늘도 건조대에 남겨진 등산양말

흔들림 없이 곱게 마를 테지만

나 없이 살 수 없다던

바보 같던 그 사람을

잘 말려뒀다 훨훨 털고 접어둘

나는 아직

바람을 기다린다

여행

- 아름다운 벗 강남훈을 추억하며

살아가는 일은 백만 원짜리 수표 두 장

풍치로 썩은 이 한 개

가치밖에 안 되는 가벼운 나를

술에 젖은 새벽은 버겁다고

칠순 어머니는 무겁다고 하지

자꾸만 목에 걸리는 그들을

용기 있게 보내고

사막으로 가는 편도행 티켓을 구한 날

작은 갈색 가방 안에

그들이 남긴 작은 동정이

꾸깃꾸깃 반쯤 절인 눈물과 함께

비행기 화물칸에 실렸다

낙타 등허리에 누워

울퉁불퉁 산행을 하는 밤

썩은 이마냥 빼버리고 싶은 기억

마취도 않고 쑥 빼버린 뒤

임플란트로 채워두면

나조차 없는 온밤의 사막을

걸을 수 있겠지

사람 되는 시간이 남은

오아시스에서 그들을

씹게 되는 날

이제 곧 잇몸에 박힐 새 이에

피어날 상큼한 플라크여

괜찮아

기다려도

오지 않은 사람은 곧

가야 할 일이 없으니

괜찮아

벌레로 구멍 송송

힘들다 한 잎 떨구어도 곧

새잎 날 테니

괜찮아

쩍쩍 갈라진 논바닥

맹꽁이 한 마리

숨 막힌대도 곧

비 온댔으니

괜찮아

동상 입은 발바닥마냥

심장에 금이 난 게지

나도 모르게 먹먹해

아픈 것 같아

괜찮아 다들

아프면서 사는 거니까 곧

별일 아닐 테니

괜찮아

표정 없이 뒤돌아선 너의

쓸쓸함에 하지 못한

그 말

미안해

괜찮고 싶어 그랬어

나는 네가 아니라서

겨울 소나기

갑자기 내리는 너

자꾸 뾰족해지는 걸 어쩔까

심장에 박히면

살아야 될 이유 되고

발바닥에 박히면

종기로 부풀어

사랑한 만큼 더

깊게 박힐 텐데

천천히 뽑아내는 법 알기도 전에

빠르게 박혀가는 너를 보았네

아무래도 너는

겨울에 베인 향기였겠네

깎이면 깎일수록 달콤해지는

양날의 검이었겠네

너는 그대로인데

나는 이미 젖어버렸네

오해라서 다행이야

태풍 온다고 문 꼭 걸어 잠그고 밤새 빗소리 바람소
리 난리칠까 기다렸지만

비 찔끔 바람 촉촉 슬쩍 얼굴만 내밀다 그냥 가더라

태풍 같은 네가 덜컹덜컹 밤새 내 귓가에서 죽어라
심장까지 흔들까 걱정했지만

힝 풀어버린 코딱지만큼 관심도 없다 가버리더라

너무 커버린 네가 무서운 바람처럼 화내지 않아서
내내 잠든 깊은 밤

겁이 나서 무서운 괴물인 척한 거라면

날 미워한 만큼 걸려버린 목구멍 가시 탓이었다면

난 정말 다행이야

용서할 만큼 아주 작은 오해라서

통장

월말이면 반복되는 잔고 바닥 숫자들

남은 것도 모자란 것도 넣어둘 게 없는데

통 크게 써버리거나 가진 것 찢어버리거나

처음부터 아무것도 기록되지 않은 듯

통장 첫 장 이름 석 자 꾸역꾸역 닫으며

내일도 가 보지 못할

정류장에 일단 내린다

거미의 집

내 배부터 채울 일이다

미워하는 일에 익숙지 아니한 습성으로도

또 다른 동족을 포섭하고 죽이는 일이

배고픔에 비례한 협상이라면

내 살점이라도 뜯을 일이다

사방치기로 얽힌 침실들이

하루치 삶을 먹는다

많은 자들이 제 영역이라고 만들어놓은

오래된 작은 집들은

번지수를 잃은 지 오래

커다랗고 빽빽한 신종 집 속에 파묻힌

나를 찾아 돌아가는 길

오로지 살아남기 위해서라면

분노의 창살이라도 지을 일이다

거미라면

윙윙대는 성질 사나운 주검을 대할 일이

제 몸 구석까지 파이는 아픔이 되는

거미라면

아집의 살점 덕지덕지 발라서라도

도시 한가운데 높은 집을 지으면

작은 파리 한 마리 걸려들 테지

조그만 하루살이 무심히 걸려들 테지

혹 제 날개를 도려내고서라도

습진 창고 구석 무덤 삼아

다이빙하는 허무한 놈도 있겠지만

잊지는 말 것 하나

결코 눈이 있어도 보이지 않는

매혹의 정교한 집에 사는 자를 위해

살 한 점 구해 바칠 아부꾼도

제 몸 희생하려는 순교자도 없었지만

오래 묵은 싱싱한 꿈을 찾아

배고픈 무심한 날들을 이기며

열심히 살다 가는 나 있었음을

남은 살점 사이 허연 뼈 같은 어제

그 집에는 이제

아무 소리도 걸리지 않는다

해녀콩

질긴 목숨 품어

바다로 뛰어든 어미는

날카로운 보랏빛 파도에

자궁을 베이고

휘이 휘이

기인 숨 뚫고

숨어드는 볕 아래

내어놓지도 못할 맨발마냥

못생긴 아이 울음 하나

사약 같은 해녀콩

독 기운이 얼기설기

몸을 포박한 채

부르트다 비틀어질 때

이 아이 질긴 목숨 그만 거두라

어미는 다시 그 바다로 가네

깊은 숨 참아내며

고름마냥 짜내고 싶은

봄이 지난 자리

아비 없는 아이를

비릿한 파도 따라

흘려보내면

비로소 녹아내리지

깊은 바다에 수장되어온

수많은 사어(死語)들

그 전설처럼

쓰레기

닻을 올려 겨우 건져낸 한 여자

바람에 흔들리고 낯빛 그을려 있는

플라스틱 빈 심장

한 줌밖에 안 되는 찢긴 가지에 걸려

살았구나 한숨 돌릴 새 없이

하얀 소복 같은 파도 소복소복

여자의 어깨로 덮쳤네

헤엄쳐 달아나고픈 만큼

깊이 수장되는 그 여자

태풍의 상흔들 사이로 차라리

함께 떠다니고 싶었던

오래된 유물이 되어버린

눈치 없는 그 여자

눈 크게 뜨고 양파처럼 벗겨내 볼까

껍질 속 껍질 알맹이는

냄새조차 없어

눈물 흘릴 일도 없어라

그 여자는

아파 아파서

죽을 만큼 아파서 살아간다

온 세상 쓰레기통을 뒤집어 버린

태풍 밖으로 역겨움 탈탈 털며

손톱으로 기어서라도

밥

손바닥 쑥 넣어 물을 막 흔들어대기

구석까지 박박 쌀알들과 한바탕 전쟁하기

허연 물 한 바가지 비우니

깨끗하게 잘 섞인 하루치

따스한 가스 불 위에서

이제 기다릴 일만 남았네요

오늘 하루 수고했다고 푹 쉬라 위로해주기

어차피 당신뿐이니 뜸 들여도 참고 버텨주기

한술만 뜨고 가도 늦지 않은 위로라고

뜸 들일 대로 들여 만나도

사는 게 이리 반가울 뿐인걸

그러니 나는 오늘도

당신이 좋아 밥을 짓네요

연금술사

베이고 깎여나가는 것은 금속만이 아니다

짓이겨진 날들 톱니처럼 빼곡하게 일어서

서로에게 서툰 말들 베어내기 일쑤인걸

공부만 하던 아들의 손가락이 월세에 밀려

그라인더 날에 반지처럼 구부러지던 날

왜 내게만 삶의 방향은

죽음을 향해 깎여가는 뼈마디 같은 것이었을까

같은 방향으로 휘어있는 손가락을 가진

세공사 아버지는

참아온 말의 뼈를 왈칵 토해낸다

화려한 금반지를 만들어 냈어도

빛나는 하루 아들에 쥐어주지 못해

삐뚤게 접합된 아들의 손마디 안고

살아남았으니 아름다울 수 있는 네가

나에겐 늘 황금이었다며

서로에게 남겨진 시간을 위해

기울어진 세상을

아버지는 홀로

그라인더로 깎아내고 있다

행복 사각지대

강아지풀이 꼬리를 흔들어댑니다

아기 고양이 요리조리 발끝으로 강아지풀 꼬리를 잡아봅니다 카페 드라이브 코너 둘러진 돌담 아래 노란 야생화 피었습니다 봄에 기지개 켜던 꽃망울이 가을바람에 끄덕거리고 있습니다

깡통 안에는 먹다 만 고양이 먹이가 들어있습니다 고양이랑 장난치던 강아지풀이 꼬리를 멈칫합니다 강아지풀이 꼬리를 내린 채 바닥을 간질입니다 꼬리를 지나 가느단 허리를 잡은 손끝에는 어린 소년의 눈망울이 있습니다

강아지풀도 소년도 아기 고양이도 나를 보자 바로 얼음이 됩니다 내가 길을 지나고 돌아보니 어느새 땡 아기 고양이가 소년과 신나게 강아지풀 장난감을 가지고 놉니다

어리고 작은 것들에 대한 경외감으로 미소 짓는 아침마다 행복 사각지대에는 보이지 않는 작은 존재 이야기들 자잘하게 박혀 있을 겁니다

강아지풀이 꼬리를 더 세차게 흔들어댑니다

혜담
(현) 제주고등학교 근무
제주대학교 일반대학원 어문교육학부 박사과정 수료
초승문학동인

문영
2023 중앙시조백일장 2월 장원
저서 《전갈자리 아내》, 《리셋》
초승문학동인, 제주시조시인협회 회원

미움의 질량

2023년 10월 31일 초판 1쇄 발행

지은이 혜담·문영 **펴낸이** 김영훈 **편집인** 김지희 **디자인** 김영훈
편집부 이은아, 부건영, 강은미
펴낸곳 한그루
출판등록 제651-2008-000003호
주소 제주특별자치도 제주시 복지로1길 21
전화 064-723-7580 **전송** 064-75-7580
전자우편 onetreebook@daum.net **누리방** onetreebook.com

ISBN 979-11-6867-121-8 (03810)

값 10,000원